DAPHNE

DAPHNE
L'ENFANT COURAGE

Charles MORSAC

© 2023 Charles MORSAC

Édition : BoD - Books on Demand,

info@bod.fr

Impression : BoD – Books on Demand,

In de Tarpen 42, Norderstedt (Allemagne)

Impression à la demande

ISBN : 978-2-3225-0376-6

Dépôt légal : Octobre 2023

Les personnages et l'histoire ne sont dus qu'à la seule imagination de l'auteur et ne se rapportent à aucun événement connu de lui. Toutes ressemblances avec des personnes ou des situations existantes ne seraient que pures coïncidences.

Daphné Valentin, jolie petite fille est le fruit d'un amour passager entre sa maman Jeanne, native d'outre-mer et son papa métropolitain. De ce père, sa mère dit ne pas se rappeler. Elle aimerait pourtant en apprendre d'avantage sur son géniteur dont sa mère ne garde aucun souvenir. Pour elle c'est du passé et seul compte son présent. A chaque questionnement, elle n'obtiendra toujours que cette même réponse.

Elle va donc grandir dans ce foyer monoparental que sa mère aura par ailleurs toutes les peines du monde à assumer. En fait, tout doucement, elle finira par délaisser complètement son rôle de maman, n'apportant plus à la petite fille qu'une attention relative, n'hésitant pas à la laisser seule le soir pour rentrer très tard et souvent alcoolisée.

Elle a juste six ans quand, pour la première fois, elle la surprend accompagnée par un homme qu'elle ne connaît pas. Pas plus l'un que l'autre au demeurant ne semble remarquer sa présence. Ils s'isolent dans la chambre d'où émergent bientôt des sons dont elle ne comprend nullement la signification. Elle préfère regagner son propre univers, à la recherche d'un sommeil qui tardera à venir. Elle serre contre elle cette peluche qui la rassure sans pour autant parvenir à remplacer les bras de celle à qui elle doit la vie.

Elle banalisera finalement ces soirées qui se succéderont sans qu'aucune explication ne puisse venir apaiser ses angoisses. Elle ne le sait pas encore, mais sa situation n'ira pas en s'améliorant.

Les trois années qui suivront verront l'état de sa mère se dégrader. A l'abus d'alcool s'ajouteront très bientôt l'usage de produits beaucoup plus illicites. Jeanne s'enfoncera dans ses addictions, oubliant parfois même certaines nuits de rentrer, laissant Daphné seule dans cette grande maison dans laquelle le moindre bruit la terrorise. Dans ces moments là, la fillette se rassure en se souvenant des tracas que lui causait un environnement plus fréquenté sans être pour autant plus rassurant.

A ses instituteurs successifs qui s'étonnent de ne jamais rencontrer sa maman, l'enfant explique tout simplement que sa mère travaille énormément et rentre tard le soir, souvent après dix-huit ou dix neuf heures. Bizarrement, les explications données suffiront à rassurer ses éducateurs. A aucun instant son discours ne sera mis en doute malgré les nombreux signes de détresse que l'élève adresse à son entourage. La fatigue lui creuse le visage, les leçons ne sont plus apprises et que dire des devoirs qui prouvent le désintérêt total de l'enfant pour son travail. Elle fuit même maintenant ses camarades de classe. C'est son ultime manière à elle d'appeler au secours.

Si son comportement peut porter à questionnement, son allure physique ne laisse rien paraître du malheur qui la frappe. Elle semble bien nourrie, et son habillement ne laisse pas à désirer. Jamais des traces de violences physiques ne seront constatées. Ces éléments à eux seuls suffisent à rassurer ceux-là même qui devraient s'inquiéter et penser à sa sécurité.

Aussi a-t-elle très vite compris qu'elle ne pourrait jamais compter que sur elle-même, plus tard.

Treize ans déjà et sa vie de petite fille est globalement gâchée. Elle a passé plus de temps à pleurer qu'à s'amuser. Elle pense avoir tout vu, tout vécu, jusqu'à ce soir là. Sa mère rentre, titubante, accompagnée par un inconnu qui, à sa vue, se désintéresse de son hôtesse pour porter son attention sur elle.

Tout chez cet individu lui déplaît, son haleine d'abord qui prouve qu'il a bu au moins autant que sa mère, les bisous qu'il pose sur ses joues comme si ils se connaissaient depuis toujours et pour ajouter à son dégoût, il y a ses mains qui partent à sa découverte. Elle aurait souhaité l'intervention maternelle pour faire cesser son calvaire, mais celle-ci manifestement n'est pas en mesure de s'opposer à son compagnon du moment. Daphné est toute tremblante, démunie par cette agression qui n'en finit pas et qu'elle ne comprend pas.

Aussi vite que tout a commencé, le supplice prend fin. L'homme abandonne sa petite victime pour reporter son attention vers sa mère qui devient alors sa seule et unique scène de jeux dans laquelle s'expriment toutes ses envies. Elle reste là, pétrifiée, n'osant bouger, fermant les yeux tout en imaginant qu'elle venait d'échapper au pire. Se reprenant, elle regagne sa chambre, laissant à leurs ébats les deux adultes qui ne se préoccupent plus de sa présence et encore bien moins de son absence.

Pendant deux ans encore, elle devra supporter ces agissements, souvent cloîtrée dans sa chambre.

Mais ce soir là, à sa grande surprise, sa mère rentre de bonne heure, seule et apparemment sobre. Elle commence à espérer enfin une soirée au calme, entre mère et fille. Elle va pouvoir lui raconter sa journée et peut-être aura-t-elle droit en retour à un petit câlin qui viendra la consoler des tristes expériences précédentes, tant visuelles que physiques, qu'elle a dû subir.

L'ambiance va pourtant très vite se dégrader. La solitude de Jeanne ne dure que quelques minutes. L'homme qui la rejoint est un inconnu. Elle aurait bien aimé qu'il le restât. Mais l'insistance conjointe de sa mère qui ne semble pas comprendre le but du jeu et surtout de son compagnon du soir qui la tient fermement par le bras, la contraignent à obtempérer et malheureusement subir l'insupportable.

Cette séance qui aurait dû la briser va lui révéler une force intérieure qu'elle ignorait posséder. Plus jamais elle ne subira pareille épreuve. Plus jamais un homme ne la touchera sans son autorisation. Personne n'a jamais répondu à ses appels. Et cet homme qui vient de la contraindre à subir ses pulsions, qui lui a fait tant de mal, plus jamais, au grand jamais, il ne devra l'approcher. Dès demain, elle quittera ce domicile qui n'a plus rien du havre de paix qu'il aurait dû être et où plus rien ne la retient, bien au contraire. Elle oubliera cette mère qui n'a pas su la protéger de l'appétit malsain de ses compagnons d'un soir.

Le lendemain matin, après une nuit passée à ressasser cette épouvantable soirée, c'est sans se retourner qu'elle quitte ce lieu haï qui l'a vu grandir et souffrir pour s'en éloigner sans un regret, son maigre baluchon en main. Son seul but, fuir cet endroit, même si la destination qu'elle doit prendre lui est encore inconnue, mais en espérant bien laisser derrière elle son calvaire et trouver enfin un lieu de paix où elle pourra se reconstruire.

Mais il lui faut très vite revenir à la réalité. Elle est seule dans la rue, avec pour simple objectif porter plainte contre sa mère et son compagnon et se trouver un gîte. Elle le sait, son programme est chargé et rien ne dit que tout sera aussi aisé qu'elle l'imagine. Les pièges à éviter vont être nombreux. Sans toit, sans argent, sans autre but que la fuite, elle redevient la proie facile qu'elle s'est promis de ne plus être. Mais le pire pourrait bien être à venir si elle n'y prend garde.

C'est les larmes aux yeux qu'elle pénètre dans ce commissariat de police qui se trouve sur son chemin.

Pour la toute première fois, et à son grand étonnement, on va l'écouter. Son histoire va recevoir toute l'attention des fonctionnaires présents, son âge lui vaudra la compréhension et l'assistance des adultes.

Après confirmation des dires de la jeune fille par la médecine, sa plainte sera enregistrée. Mais elle n'en a pas fini avec eux. Compte tenu de sa jeunesse, ils tiendront à la remettre à disposition d'un service social qui lui trouvera une place d'hébergement dans un centre spécialisé.

Elle n'a rien oublié de son histoire. Elle en veut toujours énormément à sa mère. Elle voue aux gémonies ce père qui n'a jamais su être présent dans sa vie et dont l'absence a certainement précipité sa mère dans la débauche, l'entraînant elle-même dans une profonde déchéance qu'elle n'a pas choisie.

Mais aujourd'hui, sa vie prend un semblant de cours normal. Elle a profité de ce refuge pour parfaire son niveau scolaire plus que perturbé par les événements contraires subis. Elle a trouvé un travail d'archiviste dans une bibliothèque. Même si une certaine normalité rythme sa vie, Daphné reste marquée par son histoire et les relations avec son entourage restent pour le moins difficiles. Elle le sait, elle doit encore travailler, rien n'est gagné. Elle peut rester coupée du monde tant qu'elle le voudra, le monde continuera de tourner et ce monde, qu'elle le veuille ou non, elle en fait complètement partie et elle se doit de composer avec.

Aussi se fixe-t-elle un nouveau challenge, juste pour avancer. Ce samedi, un concert est organisé dans la salle des fêtes du village, elle va s'y rendre, la tête haute, elle devra regarder les gens en face, sans baisser les yeux. Elle n'est plus la victime qu'elle disait être, c'est aujourd'hui une villageoise comme les autres. Mais elle glissera tout de même dans son sac son aérosol de défense, juste au cas où. Cette précaution ne l'amuse pas, elle la rassure.

Ce samedi, elle est confortablement installée tout en haut des gradins, une femme âgée installée à sa gauche, à droite juste un strapontin le long de l'allée et devant elle, une femme accompagnée d'un enfant. Elle ne pouvait rêver mieux. Son confort tout relatif va se trouver altéré par l'arrivée d'un jeune homme qui lui demande courtoisement la permission de prendre place à ses côtés. Tout en acceptant d'un simple signe de tête, elle peste contre ce jeune impudent dont la seule présence l'indispose. Il est vrai que la salle est comble et que le choix du malheureux était plus que restreint. Cela ne l'empêche pas de vérifier la présence, dans son sac, de son aérosol. On ne sait jamais. Elle va se détendre, tant son voisin se montre discret. Il est là pour le spectacle, et uniquement pour cela. Elle finira même par l'oublier.

C'est la fin du concert. Il l'interpelle :
- Mademoiselle, il me faut vous remercier pour l'acceptation de ma présence à vos côtés. Ce fut un grand plaisir. Me permettrez-vous de vous offrir une boisson au bar ?

Elle hésite un instant. Lui sent bien l'embarras qui gagne sa voisine et s'empresse de la rassurer par quelques paroles simples.

- N'ayez aucune crainte, il ne s'agit que d'une invitation que vous pouvez tout aussi bien refuser.
- Pourquoi pas après tout, mais seulement un café.
- J'en prendrai un moi aussi. Au fait, je m'appelle Alban. Mais vous me paraissez tendue. Nous buvons notre café et nous nous séparons, c'est tout. Avant, pourrais-je connaitre votre prénom ?

Nouvelle hésitation et puis :

- Daphné, je me prénomme Daphné.
- C'est un bien joli prénom que je n'oublierai pas de sitôt. Si j'osais, je vous proposerais bien de nous revoir un de ces jours. Je n'attends pas une réponse immédiate, je vais vous laisser mon numéro de téléphone, vous me

rappelez pour me donner votre réponse, ou pas d'ailleurs. Qu'en pensez-vous ?

- Que c'est une proposition honnête qui n'engage que vous finalement. Alors, pourquoi ne l'accepterais-je pas ?

- J'en suis ravi, j'attends donc votre décision. Rentrez bien, au revoir j'espère.

Sans un mot de plus, juste après lui avoir donné son numéro de téléphone et oubliant par là même l'invitation à prendre le café, il s'éloigne.

Elle reste sur place, interloquée par cette rencontre imprévue et surtout par la prestance de ce garçon qui a su ne pas lui imposer sa présence, à l'inverse de ses expériences passées où elle avait dû subir tous les outrages. Serait-ce trop beau pour être vrai. Ne se cacherait-il pas derrière ce joli décor une réalité moins idyllique ? Elle aimerait bien le découvrir, bien qu'elle déteste se mettre en danger. En a-t-elle l'envie, sans doute oui, mais sans avoir à en payer le prix. Tant qu'elle n'a pas donné sa réponse, elle est en sécurité. D'elle, il ne connaît rien, juste son prénom et c'est bien peu pour la retrouver.

Elle s'en veut, elle aurait dû lui en demander plus, comme son nom par exemple. Mais cette demande aurait été excessive. Elle aurait entraîné une réciprocité qu'elle n'était pas prête à assumer.

Elle est allongée sur son lit. Elle repense à cette après-midi où tout s'est finalement bien passé malgré ses craintes. Tout ou à peu près tout. Il y a eu l'intermède regrettable de cet Alban, qui l'invite tout d'abord à prendre un café pour mieux disparaître avant même de s'exécuter. Non, en fait, tout ne s'est pas bien passé. Elle regrette cette sortie. Elle voulait affronter ses peurs, ses interdits, elle se retrouve maintenant confrontée à beaucoup trop d'interrogations mêlées d'incertitudes qui la terrorisent.

Avec qui pourrait-elle discuter de son problème, qui pourrait l'aider, la conseiller ? Sans amis, sans famille, il ne lui reste que ses collègues de travail, mais sauront-ils taire les confidences qu'elle devrait leur faire ? Certainement pas et tout pourrait revenir aux oreilles de cet Alban qui n'attend peut-être que cela. Elle sent la paranoïa l'envahir en même temps que la détresse la submerge.

Et toujours cette même question qui revient en boucle, pourquoi donc ce garçon est-il bien venu s'installer auprès d'elle, pourquoi l'a-t-il invitée à prendre ce café qu'ils n'ont finalement pas pris et pourquoi n'a-t-elle pas refusé de prendre ce numéro de téléphone derrière lequel pourrait bien se cacher un piège habilement tissé, car en y réfléchissant calmement, il aurait dû, à la fin du spectacle, se lever et quitter la salle sans un mot. Et pire encore, pourquoi avoir choisi justement ce siège là, juste à côté d'elle, alors que d'autres restaient certainement disponibles à ce moment précis ? Non, elle ne l'appellera pas, c'est forcément trop dangereux pour elle. Vite, très vite, il lui faut refermer cette parenthèse.

Trois longues semaines viennent de s'écouler au cours desquelles elle n'a cessé de repenser à cet après-midi qui l'obsède. Et d'autres questions viennent bousculer le bel ordonnancement qu'elle avait eu tant de mal à mettre en place. Cet Alban n'est peut-être qu'un gentil garçon qui n'a rien voulu d'autre que d'être aimable. Peut-être aussi que, comme elle mais pour d'autres raisons, il soit en réel manque relationnel. Ou bien alors, a-t-il juste besoin de côtoyer quelqu'un avec qui il pourra discuter, rire, s'amuser.

Une semaine encore et ces deux théories opposées vont s'affronter.

Elle doit savoir, il faut qu'elle sache où il veut en venir. Elle n'est pas rationnelle, elle le sait, elle devrait oublier cette histoire, elle le fera, mais il faut d'abord qu'elle comprenne. Après seulement, elle tournera la page.

Elle attendra encore une semaine après avoir pris sa décision. Son raisonnement est simpliste, elle le sait, mais si Alban est un prédateur, depuis tout ce temps, il aura forcément changé de proie, peut-être même de numéro de téléphone.

Mais tout au contraire, c'est un garçon enthousiaste qui avait répondu à son appel et qui la regarde aujourd'hui s'approcher de lui. Derrière son sourire se dissimule un embarras qu'il espère soustraire au regard de son interlocutrice.

Ce sera une réussite, car Daphné, prisonnière de ses doutes reste en un premier temps très prudente, se contente de le saluer sans le rejoindre sur le banc sur lequel il est assis. Ils choisissent de marcher sur ce chemin ombragé, lui respectant cet espace entre eux qu'elle lui impose sans qu'il s'en offusque tant il l'arrange bien.

Le dialogue est long à démarrer, lui respectant la retenue de sa compagne de marche, elle préférant de loin l'entendre en premier. Et ce fut lui effectivement qui en prit l'initiative :

- Je me prénomme Alban comme vous le savez, Alban Davenin, j'ai dix-neuf ans, j'ai deux sœurs avec qui je pratique ma passion, le karting. Mon père possède une piste sur laquelle je me rends fréquemment. Mes sœurs, elles, y travaillent. A côté de cela, je prépare des études en comptabilité. Et vous, alors, puis-je en savoir un peu plus ?

- Vous ne m'avez pas dit, comment s'appellent vos sœurs.

- C'est exact, mais un peu plus tard peut-être, lorsque nous nous connaîtrons mieux, alors ? Votre nom Daphné, juste votre nom, afin que nous soyons à égalité.

- Nous en resterons à Daphné, si vous le voulez bien. Et comme cela, nous avons tous les deux un secret à révéler.

- Comme vous voudrez, c'est de bonne guerre. Si j'osais, je vous proposerais bien de m'accompagner demain pour faire ensemble quelques tours de karting.

- Ce dimanche ?
- Par exemple.
- Je ne sais vraiment pas. En fait, je n'ai jamais pratiqué ce sport, pas plus que d'autre d'ailleurs, je n'ai pas de permis de conduire et ne suis pas certaine de pouvoir maîtriser un tel engin.
- Rassurez-moi, vous avez deux pieds, deux mains, deux yeux, il me semble, vous avez donc tout ce qu'il vous faut pour essayer. N'importe quel gamin de dix ans se lance en moins de dix minutes sur la piste, alors pourquoi pas vous ?
- Je ne sais pas, tout cela va trop vite. Je ne parle pas du karting, je parle de nous, nous marchons depuis moins d'une demi-heure et vous me proposez

déjà d'entrer dans votre intimité. Cela me fait peur, je vous l'avoue.

- Vous avez raison, je ne sais pas pourquoi je viens de vous faire cette proposition qui est tout aussi sincère que prématurée. Oubliez cette demande, je n'en prendrais pas ombrage.

- Je préfère évidemment mettre de côté cette proposition, mais je vous promets de ne pas l'oublier. Au fait, Valentin, mon nom de famille est Valentin.

- Gaëlle et Charlène, les prénoms de mes deux sœurs. Comme cela, nous sommes à égalité. Maintenant, rentrons si vous le voulez bien.

Elle est très circonspecte à son retour. Elle ne sait trop comment interpréter cette entrevue. Il lui a paru sincère, direct, ouvert, peut-être un peu trop même. A-t-elle rencontré le vrai Alban ou seulement celui qu'il a bien consenti à lui montrer. Et le karting, les deux sœurs et les études, tout cela existe-t-il vraiment ? Et cette volubilité cacherait-elle un secret, un mal-être. Mais elle-même, a-t-elle été sincère avec lui ? Cette séance qu'il lui proposait, ne serait-elle pas en train de regretter de lui avoir refusée et était-ce bien pour le motif invoqué ? Elle connaît la réponse, et celle-ci la dérange. Si elle veut en savoir plus sur lui, elle devra aussi lui dévoiler son passé, et cela lui est tout simplement inconcevable à ce stade de leur relation. Le constat est simple, sa vie est tout simplement gâchée. Elle éprouve une peur viscérale des hommes, peur d'Alban avec lequel elle va devoir cesser toute relation. Celui qui deviendra comptable avec un revenu plus que confortable mérite forcément mieux qu'elle. Elle s'étonne de cette pensée négative qui lui vient et la dérange. Lui a-t-il proposé à un quelconque moment autre chose qu'une séance de Karting ? Evidemment non, et même si tel avait été le cas, elle aurait refusé. La seule bonne décision est celle qu'elle vient de prendre et elle va lui faire savoir. Mais il va falloir aussi qu'elle arrête de se reprocher son passé dont elle n'est en aucun cas responsable. Son travail décidément ne fait que commencer.

Les jours suivant, ils ne communiqueront que par messages, elle lui signifiera l'irréversibilité de sa résolution. Il lui affirmera qu'il acceptera bien entendu sa position, mais à une seule condition, qu'il puisse au moins une dernière fois s'exprimer de vive voix avec elle.

Ils finiront par se mettre d'accord pour une dernière entrevue.

Elle le regarde s'avancer vers elle, l'air plutôt serein.

Ils se saluent d'une poignée de mains ponctuée d'un simple bonjour verbal. Aucun temps mort ne suivra, et c'est lui qui ouvre le dialogue

- Vous ne pouvez pas savoir tout le plaisir que j'ai de vous revoir, car je ne vous ai pas tout dit lors de notre dernier entretien. Je m'en veux terriblement, il faut que je vous le sachiez, entre mon père et moi, la tension actuellement est vive. Je pense en connaître la raison. Il voudrait que je prenne sa succession, il est le créateur et le patron de la piste de karting, là même où je vous ai invité, mais je n'en ressens pas du tout l'envie. Cela m'a valu un éloignement du domicile de mes parents. Je dois préciser que c'est moi qui ai pris l'initiative de ce départ. Je vis actuellement dans un très petit chalet situé dans la propriété de mes grands-parents maternels. Je ne vois plus ma famille rassemblée, mais seulement mes sœurs, de temps en temps et encore jamais ensembles et rarement ma mère. Je n'ai plus de contact avec mon père.

- Pourtant, vous m'aviez proposé, si je me souviens bien, quelques tours de karting sur la piste qui appartient à votre père, je ne me trompe pas ?

- Vous ne vous trompez effectivement pas et je maintiens cette offre. Il me rejette soit, mais il ne peut en aucun cas m'interdire l'accès sur ses pistes dans le cas où je paye ma séance et ne crée aucun trouble.

- Il n'y aura pas de scandale, ni d'affrontement, nous allons y aller, mais à une condition, vous êtes mon invité, je paye nos deux entrées, vous saluez vos sœurs si elles sont là, vous ignorez votre papa. Vous ne devez pas vous sentir obligé de me présenter et autre chose, à partir de maintenant, mieux vaut oublier le vouvoiement, nous serons un peu plus crédibles. N'oublie surtout pas que le tutoiement n'ouvre aucune autre porte. Sommes-nous d'accord ?

- A un détail près, je vous… non je te rembourse les places.

- Je pensais avoir été très claire, tu es mon invité, c'est à prendre ou à laisser. Je paye. Point.
- Ai-je le choix, il semblerait que non. Puisque tu deviens l'instigatrice de ce rendez-vous, choisis toi même la date de l'événement, ton jour sera le mien.
- Bien, que dirais-tu maintenant et advienne que pourra.
- Soit, allons-y, nous y serons, disons dans trente minutes.

Ils marchent en silence. Elle se demande bien pourquoi elle s'est investie dans les histoires familiales d'Alban, car c'est bien de cela qu'il s'agit. Il est en conflit avec son père et elle force le destin en organisant ce face à face entre eux deux sans avoir mesuré les conséquences qui pourraient influencer le futur de leur relation. Quelqu'un était-il intervenu en sa faveur quand elle en avait eu besoin ? Evidemment non. Alors, ne devrait-elle pas remettre à plus tard cette satanée séance, espérant qu'entre temps la situation s'arrange. Peut être pourrait-elle proposer de se rendre au cinéma, même si le rapprochement entre eux deux, dans une salle obscure ne l'enchante guère plus. Et surtout, que restait-il de son envie de mettre un point final à leur histoire ? Cette intention par ailleurs est-elle toujours d'actualité ? Ne vaudrait-il pas mieux oublier cette idée de karting pour en revenir à la raison initiale de leur rendez-vous et se séparer tout de suite.

Sa réflexion a duré plus qu'elle ne le pensait. Il est maintenant trop tard pour reculer, ils sont déjà dans l'enceinte de l'établissement paternel, accueillis par une Charlène qui se montre heureuse de pouvoir accueillir son frère bien aimé en l'absence de son père, retenu par ailleurs pour la journée.

Alban ne pourra éviter de présenter Daphné comme une amie qui comble le vide laissé par sa famille. Elle comprend, elle le serre dans ses bras. Daphné se sent seule, ne sachant que faire. Ce moment de solitude ne dure pas. Charlène la tire par le bras et la fait participer au câlin auquel vient se joindre Gaëlle, la seconde sœur.

Ils passeront un bien bel après-midi. Elle, d'abord hésitante dans l'exercice de cette discipline, s'est rapidement pris au jeu. Elle doit reconnaître la justesse du raisonnement d'Alban, deux pieds, deux mains, deux yeux suffisaient. Et, cerise sur le gâteau, Gaëlle lui proposera de tenter quelques tours sur son engin de compétition, proposition qu'elle ne refusera pas au risque de se faire quelques frayeurs.

Seule maintenant dans sa chambre, elle analyse ces dernières heures passées avec Alban et ses sœurs. Un merveilleux moment qu'elle n'oubliera pas de sitôt.

Tout d'abord, l'absence de ce père vécu par tous comme une belle aubaine, et la rencontre avec les deux sœurs qui se montrèrent tout aussi cordiales que discrètes, lui ont rendu l'après-midi plus agréable qu'elle le redoutait. Sans doute auraient-elles aimé en savoir un tout petit peu plus sur cette soudaine amitié mais elles s'étaient contentées du peu qui leur avait été servi. Et que dire d'Alban qui, à aucun moment, n'a livré d'indice pouvant laisser penser à une toute autre histoire que celle annoncée. Il était sur son territoire, il aurait pu affabuler, au risque de l'obliger à accréditer ses dires. Heureusement, il s'en était tenu à la stricte vérité. Une ombre toutefois au tableau. Mais elle préfère occulter cette pensée pour ne conserver que le souvenir des bons moments passés parmi lesquels elle classe sans aucune importance l'incident du tout dernier tour de kart, ces cinquante kilomètres heures atteint, l'allégresse de la vitesse qui la gagne et la sortie de piste qui s'en suivit, heureusement sans conséquence autre que matérielle.

Elle se surprend à espérer que pareille expérience puisse se renouveler de nouveau et que le plus tôt puisse être le plus vite. Elle voudrait en savoir plus sur cette famille dont les autres membres pourraient pourtant bien ne pas être aussi accueillants. Le père, tout d'abord avec qui le fils entretien des rapports difficiles et la mère ensuite qui pourrait tout aussi bien la percevoir comme une rivale à venir.

Elle le sait, elle va tergiverser, aller et venir dans cette chambre, peser le pour et le contre, remettre sa prise de décision à un autre jour et continuer à cogiter. Et encore cette même question qui revient depuis plusieurs semaines. Pourquoi Alban, ce jour là est-il venu s'asseoir justement à ses côtés ? Et une fois encore elle ne trouve aucune réponse satisfaisante. Mais en existe-t-il une d'ailleurs qui puisse emporter son adhésion ? Elle en doute. Elle décide de l'appeler pour fixer une date rapprochée de rencontre.

Il se montre ravi de l'avoir au téléphone. Il profite même de ce moment pour lui affirmer qu'elle venait de le devancer dans la démarche qu'il se préparait à accomplir. Elle voudrait reprendre la parole, expliquer l'objet de sa demande mais doit se résoudre à l'écouter parler. Elle devrait s'en offusquer mais préfère en sourire. Serait-elle en train de tout accepter de ce garçon ? Après cinq minutes de monologue, il lui cédera enfin la parole. En une minute, ils tombent d'accord pour se revoir le lendemain.

Ils arrivent en même temps sur le lieu fixé, se saluent comme habituellement par une poignée de main et c'est elle qui prend la parole. Elle ne va rien lui cacher de sa vie, de son calvaire. Son récit va durer plus d'une heure. Tout, elle lui a tout dit de son passé, enfin presque, et révélera aussi ses conditions actuelles d'hébergement spartiate dans ce modeste foyer d'accueil pour jeunes filles en difficultés qu'elle devra quitter dans quelques mois. A la fin de son récit, elle éclate en larmes, trouve refuge sur l'épaule de son voisin.

Alban est désarçonné. Daphné ne s'était jamais autorisé un tel rapprochement physique. Le récit qu'elle venait de lui faire de son expérience passée le bouleverse. Elle ne s'était jamais permise de lui confier ses secrets enfouis d'une enfance maltraitée et au grand jamais il n'avait imaginé combien cette fille avait dû souffrir. Après quelques minutes, une fois le calme relatif revenu, il se lance :

- Je suis bouleversé par ta narration et te prie de croire que je serai toujours à tes côtés pour te soutenir. Tu peux laisser ta tête sur mon épaule aussi longtemps que tu le souhaites. J'ai moi aussi beaucoup de choses à t'apprendre, mais je pense qu'elles pourront et même devront attendre. Ma priorité, c'est toi et nous devons en parler. Après ton départ de chez toi, à un moment ou à un autre, tu as du consulter un

Elle lui coupe la parole :

- Tu veux dire un spécialiste, oui j'ai entamé la démarche. A ce moment là j'étais seule, je n'avais personne avec qui je pouvais être en confiance pour en parler, comme j'ai pu le faire aujourd'hui.

- Je te remercie de tes confidences, je suis là, tu peux être rassurée, et si tu le désires, nous pouvons en discuter quand et tant que tu le voudras. Alors ce spécialiste, qu'avait-il de si spécial pour que ta démarche se transforme en échec ?

- Je ne puis répondre à ta question puisque je n'ai pas honoré mon rendez-vous. C'était un homme, alors que j'avais bien précisé que je voulais absolument avoir à faire à une femme, et qui pour bien faire se nommait Roger Malapry. Tu me vois allongée sur un divan avec à mes côtés un nommé Malapry. Je crois que même encore aujourd'hui, je prendrais exactement la même décision. Je m'abstiendrais de me rendre à cette consultation.

- Mais aujourd'hui, tu n'es plus seule, je suis là.
- Oui Alban, mais quand tu auras digéré toutes les informations que je viens de te livrer, demain donc, seras-tu toujours là ? Car tous ces actes que je viens de te décrire sont inscrits à tout jamais en moi. Et je ne sais pas comment ils vont interagir sur mon avenir. J'ai déjà quelques idées qui pourraient bien compromettre toute relation sociale.

- Aujourd'hui, à cet instant présent, nous sommes des amis et je souhaite poursuivre sur ce chemin et voir où il nous mène. Cet itinéraire débouchera bien quelque part et il sera alors bien temps d'en rediscuter.

- Tu parles comme si tu savais déjà où tu veux en venir. Aurais-tu une idée en tête et si oui pourquoi ne pas en parler maintenant, histoire de ne pas perdre de temps.

Il est surpris, désarçonné par la tournure que prend cet entretien. Il est allé trop loin, trop vite. Il faut qu'il reprenne la main avant que la porte ne se referme.

- Je n'ai rien de plus à dire pour l'instant. Je ne voulais surtout pas te fâcher, notre amitié m'est trop chère. Je suis désolé d'avoir été aussi maladroit.

- Ne le soit pas. C'est moi plutôt qui ai des progrès relationnel à faire. Je vais t'avouer que les questions que tu ne te poses pas, moi, je cherche à y répondre. Je sais, ça peut paraître compliqué à comprendre, mais je dois toujours avoir un coup d'avance.
- Je ne suis pas certain de comprendre ce que tu veux me dire, effectivement.
- Réfléchis-y bien, et revoyons-nous très vite, disons demain soir après le travail.
- C'est d'accord, à demain donc.

Elle le regarde s'éloigner. Sera-t-il présent demain comme il lui a promis et si oui, comment se passera cette entrevue et sera-t-elle la dernière, d'une certaine manière ? Elle ne comprend pas cette crainte qui l'envahit soudainement.

La rupture de leur relation était pourtant l'option privilégiée par elle il y a encore peu de temps.

Cette inconstance la dérange, il va falloir qu'elle prenne une décision et qu'elle s'y tienne. A cet instant précis, tout semble clair dans son esprit sauf que dans la minute qui suit, elle se trouve dans l'incapacité d'arrêter son choix. Doit-elle cesser de voir Alban ou continuer à le rencontrer ?

Elle n'a pas trouvé le sommeil cette nuit. L'entretien de l'après-midi lui revient en boucle. Elle en a beaucoup trop dit et le regrette. S'il a bien réfléchi au message, l'a bien compris, alors, elle va se trouver placée devant un dilemme à résoudre. Car malgré l'apparente assurance affichée, elle n'est pas très certaine de pouvoir ou même de vouloir en assumer les conséquences.

Alban, quant à lui n'est pas au mieux de sa forme. Alors qu'il pensait être au diapason de la pensée de son amie, il s'aperçoit, s'il a bien analysé ses paroles, qu'elle était beaucoup plus avancée que lui sur la réflexion qu'elle se faisait de leur avenir. Alors, demain soir, il allait devoir se découvrir. Mais comment faire pour affronter au mieux cette épreuve, et surtout, y était-il prêt ? Son inexpérience dans ce domaine ne le servait pas.

C'est en voiture qu'il vient la chercher ce soir là, à sa grande surprise. Elle ignorait qu'il en possédait une. Il lui confirme que celle-ci appartient sa mère à qui il vient de l'emprunter. Et comme il pleut sans discontinuer depuis le milieu de l'après-midi, ce moyen de locomotion lui paraît plus agréable et adapté que la marche à pied. Il lui propose de poursuivre la discussion d'hier dans le chalet de ses grands-parents qui sont absents pour deux jours et qui se trouve à environ un quart d'heure d'ici.

Elle n'est pas très enthousiasmée par cette proposition qui l'éloigne de son périmètre de sécurité pour pénétrer une fois encore dans celui d'Alban. Elle hésite, cherche dans son sac à main un objet qu'elle semble trouver, et rassurée, elle finit par accepter, sans manquer de porter à sa connaissance la réticence qu'elle ressent.

Ils sont arrivés, il lui fait visiter le dit chalet qui est un peu plus grand qu'elle ne l'avait imaginé. En fait, cet habitat se trouve à une centaine de mètres de l'habitation principale.

- Merci Daphné de ta confiance. Détends-toi, ici, tu es en sécurité et nous serons mieux installés pour débattre que dans la voiture. Ici, d'ici une ou deux semaines, si ma relation avec mon père ne s'améliore pas, je résiderai en permanence. Il n'a pas admis mon opposition à sa proposition de lui succéder à la tête de la société qui gère le karting. Je préfère me consacrer à l'expertise comptable dont je veux faire mon métier. Mais revenons à notre discussion d'hier et à l'ambiguïté de ton discours qui n'a pas manqué de me tenir éveillé une bonne partie de la nuit. En effet, si j'ai bien compris, mais je n'en suis pas certain, tu serais prête à envisager une relation qui dépasse celle de l'amitié. Mais peut-être que je me trompe.

- Tu as raison, l'ambiguïté dans mon propos tient à l'ambivalence qui règne dans ma tête, quand une partie de moi imagine une suite à donner à notre amitié dans l'avenir alors que l'autre serait plutôt partisane de parler uniquement du présent. Mais attention, le débat n'est pas tranché.

- Pour moi, il l'est, dans l'envie au moins, le débat se joue en fait dans l'espace temps. Et si tu tranches pour maintenant, quels pourraient bien être les obstacles ?
- Euh, je ne sais pas, disons que, je ne me vois pas, enfin, en fait, il est beaucoup trop tôt, notre histoire n'en est qu'à son début. Je ne sais pas,
- Calme-toi, je te l'ais dit, tu es en sécurité ici, tu arrives ici avec tous tes problèmes du passé, moi je suis devant toi avec toute mon ignorance sur ces choses là. Tout comme toi, mon expérience sentimentale se résume à un vide sidéral. Alors, voilà ce que nous allons faire et dès maintenant. Nous allons nous comporter en adultes responsables, développer notre relation, tu vas oublier hier, nous allons vivre l'instant présent

pour imaginer ce que pourrait devenir notre avenir.

- Commençons d'abord par nous prendre par la main et osons notre premier baiser, ce serait déjà bien pour ce soir.

- Le programme me semble logique, alors essayons.

Il l'enlace, elle se dégage rapidement, se recule, le regarde, pétrifiée. La Daphné des quelques secondes précédentes a laissé place à cette jeune adolescente qui, après l'épouvantable soirée vécue, avait fui son domicile. Il tente de la rassurer, lui promet de mieux se contrôler.

Ils vont passer plusieurs minutes à analyser les évènements et finissent par admettre que les torts sont partagés. Il n'aurait pas dû la toucher comme il l'a entreprit, elle lui rétorque qu'elle n'était absolument pas prête à assumer la proposition qu'elle lui avait faite et qu'il n'était en rien responsable de ce fiasco.

- Ecoute Daphné, je ne voudrais pas que cette soirée marque la fin de notre relation, mais plutôt son début. Je pense que l'un comme l'autre, nous y tenons trop, mais si tu le souhaites, je pense que nous devrions tout nous dire, car je pense que toi et moi avons gardé une part de la vérité et que de ce non-dit résulte la situation dans laquelle nous nous trouvons. Si tu es d'accord, je commence, après seulement et si tu t'en sens toujours capable, tu pourras me révéler les dessous de ton drame.

- Tu as raison, je ne t'ai pas tout dit, vas-y je t'écoute.

Il va tout reprendre de leur relation et ce fameux après-midi du concert. Certainement l'avait-elle trouvé très à l'aise, il était en fait stressé. Sa présence en ce lieu était pour lui un challenge qu'il s'était lancé, à lui, l'éternel introverti, de s'installer à côté d'une inconnue et de lui adresser la parole, en espérant bien que cette expérience ne l'emmène pas au delà d'une certaine limite qu'il n'était pas préparé à franchir du moins ce jour là. Le silence qui s'installe est vite rompu par la jeune fille. Pour lui répondre sur ce point, elle lui précise qu'il s'était adressé à la bonne personne et qu'elle ne risquait pas à ce moment précis de le mener à l'échec. Elle hésite un court instant. Puis d'une voix à peine audible, elle lui avoue avoir eu une relation forcée avec un homme, relation résultant en fait d'un viol au cours de la soirée qui a motivé son départ précipité. Elle va ajouter que malgré ses efforts, le traumatisme est toujours là, ce qui explique sa réaction de tout à l'heure.

Ils vont rester silencieux, se regardent, se jaugent, craignent que ces confidences mettent une fin à leur histoire.

- Alban, je dois savoir, maintenant que tu sais tout. Je comprendrais facilement que tu ne tiennes pas à poursuivre notre relation. Je ne suis certainement pas la bonne personne qu'il te faut pour poursuivre ta quête de bonheur.

- J'ose espérer que tu ne penses pas un seul instant ce que tu viens de dire. Tu n'es pas responsable de ce qui t'accable. Nous allons ensemble continuer notre chemin mais surtout à notre rythme. Le passé est le passé et seul maintenant compte le présent sur lequel nous bâtirons notre avenir. Si tu m'aimes comme je t'aime, nous n'avons aucun souci à nous faire. Autre chose, j'allais oublier, mes parents nous attendent ce dimanche midi, pour déjeuner. Tu ne peux malheureusement pas refuser. Ne t'inquiète pas, mon père ne sera pas désagréable et ma mère, elle, sait tout ou plus exactement, elle a tout deviné, un arôme par-ci, un cheveu sur ma veste par-là et elle à compris. Malgré mes dénégations, elle n'en démord pas et elle veut absolument faire ta connaissance.

Il a failli ajouter, ce qu'une maman veut, on ne peut lui refuser, mais il se retient. Il n'est pas certain que Daphné puisse apprécier cette allégation.

Elle finira par accepter l'invitation.

Elle se remémore cet instant de la soirée où l'idée saugrenue lui est venue de proposer cet échange de baiser et se demande bien si ce n'était pas par bravade qu'elle avait lancé cette invitation. Elle voulait savoir, elle sait, elle l'aime mais elle n'est pas prête à en assumer les rites et encore moins les attouchements qui pourraient suivre. Elle comprend que le chemin sera long, elle le sait bien mais compte beaucoup sur Alban pour l'y aider. Mais le pourra-t-il ?

Resté seul, lui aussi est en pleine cogitation. Il comprend les réticences de Daphné, surtout après ses dernières révélations et il se trouve sans le savoir dans la même réflexion qu'elle. Ils se sont laissé emporter par une envie mutuelle qu'ils n'étaient, ni l'un ni l'autre, préparés à assumer. Cela n'aurait pas dû se passer et ne devra surtout pas se reproduire. Du moins dans les prochains jours.

Il est midi ce dimanche quand Daphné pénètre dans la maison familiale des Davenin. Elle est reçue par la maîtresse de maison qui fait les présentations, ce qui va vite, seul son mari étant présent. Les filles, elles, sont au Karting. Elle installe son invitée auprès de son fils et la conversation bon enfant s'installe. On parle de chose et d'autre, du temps qu'il fait, de leur projet. Elle ne se sent pas à l'aise Daphné, elle perçoit de la retenue dans les propos échangés. Elle s'attendait à devoir répondre sur sa provenance, son enfance, le métier qu'elle exerçait et au lieu de cela elle doit faire avec des échanges de banalité. Mais, loin de la fâcher, ce début d'entretien la rassure.

Ils en sont au milieu de repas quand le papa se lève en montrant son téléphone et s'excuse de devoir s'absenter un instant, revient en fait un quart d'heure plus tard en indiquant qu'un problème au karting a monopolisé ce temps passé et que l'incident est clos.

Daphné prend pour argent comptant cette information alors qu'Alban n'en croit rien. Ses sœurs maîtrisent complètement leur affaire toutes seules et n'appellent leur père que lorsque sa venue est nécessaire. Et il lui suffit d'ailleurs de le dévisager pour remarquer combien il est préoccupé. Les tentatives de la maîtresse de maison pour détendre l'atmosphère se heurte à la complète incompréhension des deux jeunes et au mutisme de son époux.

Alban reste interloqué. Jamais il n'avait assisté à une pareille ambiance. Mais ce qui l'inquiète le plus, c'est Daphné, que doit-elle penser de la situation. Elle avait répondu favorablement à l'invitation, elle s'attendait certainement à un flux de questions ininterrompues, on ne lui avait servi que des propos insipides. Encore une première fois gâchée. Il a hâte de se retrouver seul avec elle. Il accélère la fin du repas et raccompagne son amie chez elle.

Elle est à peine installée dans la voiture qu'elle commence à interpeler son compagnon. Il lui explique que tout est parfaitement normal, pour une première fois avec elle. Mais il lui confirme qu'ils vont devoir parler dès leur arrivée au chalet où ils feront une étape.

Confortablement installés maintenant, Il lui dit comprendre son désarroi, mais qu'il n'a aucune explication plausible à lui fournir, lui-même étant surpris par cet étrange climat. Il ne pense pas qu'elle en soit responsable. Mais que si tel était le cas et qu'il doive choisir entre eux et elle, elle peut être certaine que la balance pencherait de son côté. Mais il veut croire qu'une autre réalité qu'il ignore existe. Il en reparlera avec ses parents et il la tiendra au courant. Elle l'en remercie.

Quand il retrouve la demeure familiale, il est d'une humeur massacrante. Il veut en découdre avec son père dont l'attitude envers Daphné lui a paru outrancière. Il lui reconnaît bien volontiers le droit de ne pas l'apprécier pour quelque raison qui soit, mais la traiter comme il l'a fait lui parait inadmissible. Daphné était l'invitée de sa mère et donc par là même la sienne également. Il devra lui présenter des excuses et le plus tôt sera le mieux.

Pour toute réponse, son père lui tend la photo d'un bébé âgé de quelques mois qu'Alban voit pour la première fois.

Sa colère retombe, laissant place à une foule de questions. Qui est ce bébé. Pourquoi son père exhibe-t-il cette photo sans ajouter de commentaire. Et que veut bien dire toute cette mascarade. Il est perdu, il faut qu'il parle d'urgence à Daphné, il a peur de la perdre, il la veut à ses côtés, il faut qu'elle entende les raisons de son père, peut-être en dira-t-il plus en sa présence qu'il ne l'a fait cet après-midi.

Il a réussi à convaincre Daphné de le rejoindre. Ses craintes sont fondées. Elle accepte après beaucoup d'hésitation de revenir vers les parents d'Alban, après l'après-midi plutôt morose qu'elle a vécu. Il a bien réfléchi avant d'organiser cette venue tardive. En chemin, il lui rappelle tout l'amour qu'il lui porte. Enfin une bonne nouvelle pour elle.

- Tu sais Alban, moi aussi je t'aime, mais je ne veux pas être un obstacle entre tes parents et toi. Je ne veux pas te perdre, mais s'il le fallait, alors je saurais m'effacer.

- Ne dis pas cela, si je devais effacer quelqu'un de ma vie ce ne serait pas toi que j'évincerais, nous en avons déjà parlé, il me semble. Mais il doit y avoir une explication à cette histoire, c'est la première fois que je les vois agir de la sorte. Ce soir, tu couches à la maison, je veux te garder à mes côtés, même si à côté, c'est dans la chambre d'à côté. Mes sœurs te laisseront la place, j'en suis certain.

- Non Alban, tu ne peux pas exiger cela de tes sœurs. Et puis, je te le rappelle, tu n'habites plus chez eux.

- Ne t'inquiètes pas, tu verras, ça va bien se passer. Je ne loge plus effectivement dans cette maison, mais j'y ai toujours mon espace. Notre histoire ne doit pas se terminer comme cela. Sans te savoir là, je ne pourrais pas dormir et je serais au téléphone toute la nuit avec toi.

- D'accord, si tes parents et tes sœurs le sont, je le serais aussi, mais tu restes dans ta chambre, promis ?

- Ais-je le choix ? voilà, on arrive.

Maintenant ils peuvent entrer et constatent tout de suite le changement d'atmosphère. Glaciale lors de leur départ, elle s'est considérablement détendue. Profitant de l'ambiance il s'adresse tout d'abord à sa sœur :

- Gaëlle, mon petit doigt me dit que tu serais ravie de coucher dans la chambre de Charlène, Je me trompe ?

- Je ne sais pas comment ton petit doigt fait pour connaître aussi bien mes envies. Si Charlène est d'accord, c'est sans problème.

Sans attendre la réponse de Charlène, il leur propose de les aider au déménagement, sans manquer de rappeler à ses parents la promesse qu'ils lui ont faite d'adresser quelques mots à Daphné.

En fait son père, car c'est surtout lui le responsable de ce fiasco, présentera ses sincères excuses à son invitée. Il n'argumentera pas plus, si ce n'est pour lui annoncer qu'ils ont demain soir un rendez-vous à honorer, elle et lui, sans vouloir lui en dire plus.

La soirée sera beaucoup plus chaleureuse que la première fois.

Pour Alban qui respectera sa promesse, la nuit sera très agitée, la frustration de savoir Daphné tout aussi proche qu'inaccessible se faisant sentir.

Daphné, elle ne dormira pas mieux, intriguée par ce mystérieux rendez-vous que sa raison lui souffle d'annuler puisque qu'elle n'en est pas demanderesse alors que son inconscient, lui, la pousse à s'y rendre et en apprendre plus. Les deux tentations s'affrontent. Finalement, elle décide de faire confiance à son inconscient, tout en protégeant ses arrières, et elle sait comment.

Le lendemain matin, elle informera Alban de sa décision tout en lui précisant bien qu'elle lui confirmera aussitôt de la fin de l'entrevue par téléphone. Et elle lui laisse la marche à suivre s'il ne reçoit aucune nouvelle d'elle. Anxieux, il accepte même si, à la réflexion, cette démarche l'inquiète. En effet, pourquoi seulement Daphné et son père, pourquoi est-il, lui, écarté de ce mystérieux rendez-vous qui pourrait être le résultat de ce curieux appel téléphonique reçu par son père l'autre jour.

Cette matinée là, ses études sont mises en sommeil. Ses sœurs qu'il interroge se disent tout aussi intriguées que lui par l'étrange démarche de leur père. Sa mère, elle, semble un peu plus sereine. Elle fait confiance à son mari tout en sachant qu'elle aimerait bien être au lendemain.

Il se souvient de ce documentaire vu sur une chaîne de télévision il y a quelque temps. C'était l'histoire d'un bon père de famille qui se révélait être en fait un tueur violeur de jeune fille. Ce tueur ressemblait à monsieur tout le monde, avait pignon sur rue, avait une double personnalité. Il lui semble impossible que son père puisse être un de ceux-là, mais cette histoire maintenant le harcèle. En y réfléchissant, tous les ingrédients pourtant sont réunis, sauf que là, il s'agit de son père qu'il connait bien, et que son comportement n'a jamais révélé le moindre signe de violence.

Doit-il laisser Daphné seule ou exiger d'être présent à ses côtés, tout en connaissant d'avance la réponse paternelle. Le mieux est sans doute de respecter les consignes de son amie. Mais ces heures à venir, il le sait, allaient être très longues à vivre, d'autant que Daphné a préféré décliner son offre de déjeuner ensemble ce midi. Tout en décidant de respecter sa décision qui le dérange, il ne peut s'empêcher de bien lui faire comprendre qu'elle doit réfléchir encore une fois, qu'il est encore temps pour elle de décommander. Elle lui répond qu'elle n'en fera rien ajoutant à sa frustration, le sentiment de désolation. Il ne peut plus rien faire, sinon espérer qu'il recevra ce soir l'appel téléphonique qui sonnera la fin de son cauchemar.

Il regarde s'éloigner la voiture de son père dans laquelle s'est engouffrée sans un regard sa bien-aimée. La reverra-t-elle et pourront-ils, tous les deux réunis, oublier cette séquence ?

Daphné elle, garde le silence qui masque mal la crainte qui l'habite. Elle tente de se rassurer en tenant, la main dans son sac, cette dérisoire bombe à poivre. Malgré les paroles rassurantes du conducteur, elle reste sur la défensive, d'autant que le véhicule qui roule maintenant depuis une dizaine de minutes, sort de la ville, quitte au bout de deux kilomètres la route nationale. Il parcourt pendant quelque temps cette petite départementale bordée de bois sans habitations aux alentours, emprunte sur la gauche un petit chemin au bout duquel elle aperçoit une grande maison d'allure peu entretenue. Elle le sait maintenant, elle n'a pas voulu écouter sa raison, elle n'a pas retenu les raisons d'Alban, elle a eu tort et il lui faut maintenant assumer son choix. Sans doute est-ce maintenant la fin de son chemin.

Il l'invite à descendre du véhicule, la mène à la porte de la bâtisse qu'il lui ouvre, et lui précise qu'elle est attendue dans la première pièce à droite de cette entrée et qu'il viendra la rechercher une fois l'entretien terminé. Il la laisse gentiment s'engager à l'intérieur et referme derrière elle. Elle entend le véhicule s'éloigner, elle est seule, aucun voisinage existant autour de cette propriété pouvant lui porter secours. Il est trop tard, elle est prise au piège, au mieux va-t-elle subir le même traitement que sept ans auparavant, au pire, elle ne sortira pas vivante de ce domaine. Elle reste figée sur place, elle examine les lieux. Devant elle, un grand escalier mène à l'étage où elle n'ose imaginer ce qui peut s'y trouver. Et il y a ce petit couloir qu'elle doit emprunter pour rejoindre cette pièce où son arrivée est attendue. Si l'entrée malodorante ne l'inspire pas, le couloir, lui, la terrorise. Il lui reste une dernière chance d'échapper à ce traquenard, elle est proche de la sortie en deux pas, elle sera dehors, la ville est loin, mais si son téléphone fonctionne, elle pourra alors appeler du secours, sauf qu'elle ne sait absolument pas où elle se trouve.

Elle sursaute quand on l'interpelle

- Jeune fille, je vous attends, dépêchez-vous.

La voix désagréable qui vient de retentir se marie parfaitement bien avec l'environnement. La pièce dans laquelle elle entre sent le renfermé et elle a du mal à retenir le haut le cœur qui la submerge. Elle est à l'image du reste, elle est spacieuse, mais la tapisserie date du siècle dernier, plus près de la première moitié que de la fin. A certains endroits, elle se décolle, à d'autres, elle est complètement arrachée. Au milieu trône un vieux meuble qui sert de bureau. Il a dû à une certaine époque faire la fierté de ses propriétaires, mais aujourd'hui, sa place ne peut être qu'ici. Sur le mur du fond est pendu un tableau sur lequel on a jeté un tissu dont la propreté dénote dans cet environnement poussiéreux et crasseux. Lui semble propre, sa présence dans cet endroit ne peut être que récente.

Pour revenir au bureau, devant sont disposées deux chaises. De sa voix irréelle, l'homme l'invite à prendre place sur l'une d'entre elles.

Elle n'avait pas encore prêté attention à son interlocuteur. Dès qu'elle se le permet, son regard se porte sur lui et son sang se glace dans ses veines. Sa place pourrait se trouver pense-t-elle dans les films d'horreur. Il à une tête balafrée, il lui manque un œil et le crâne dégarni laisse pendre un restant de chevelure grise qui n'a pas dû voir le shampoing depuis longtemps. Pour parfaire le tout il se trouve installé dans un fauteuil roulant qui tranche avec l'environnement ambiant. Il est très bien entretenu, très bien équipé lui semble-t-il. Il la regarde avec envie, ce qui ne manque pas d'accentuer son mal être. Il prend enfin la parole.

- Je suis désolé de vous infliger cette vision de moi. Je vais vous poser une question et ensuite je laisserai la parole à mon ordinateur. Sa voix ne sera guère plus agréable que la mienne mais plus audible. Alors, ais-je bien en face de moi Mademoiselle Daphné Valentin.

- Oui, mais
- Il n'ya pas de mais, vous êtes bien
- Oui, je suis bien Daphné Valentin. Et vous qui êtes-vous ?

- Chaque chose en son temps. Attendez, c'est maintenant ma parole bis qui prend la suite.

Il avait raison, pour désagréable qu'était sa voix, elle la préférerait presque à cette horrible imitation venue de nulle part.

- Je vais appeler mon comptable, monsieur Martelot, vous verrez, c'est un homme charmant. Il invite l'homme à pénétrer, à s'installer et lui demande de vérifier les papiers de la visiteuse.

Elle tend sa pièce à cet inconnu qui vient d'arriver, lequel s'empresse de confirmer l'identité de sa jeune voisine. L'infirme reprend alors la parole par l'intermédiaire de son ordinateur qui traduit en parole le texte frappé. Cela ralentit le rythme du monologue.

- Bien mademoiselle Daphné, je suis heureux de vous accueillir dans ma demeure et vous demande en toute sérénité d'écouter ce que j'ai à vous dire. Vous êtes bien née le vingt deux mai de l'an deux mille et votre maman se nomme Jeanne Valentin, comme vous, je ne me trompe pas?

- C'est exact, mais

- Ne vous ais-je pas demandé de m'écouter ? Vous aurez l'occasion de vous exprimer plus tard. C'est entendu ?-

- Oui.

- C'est mieux. Vous n'avez jamais connu votre père. Il a disparu un beau jour, plusieurs mois avant votre naissance, pour visiter une propriété en banlieue parisienne, et votre maman ne l'a jamais vu revenir et n'a jamais pu savoir ce qu'il était devenu. Cet homme a souhaité profiter du droit à disparaître, ce qui, vu les circonstances, lui a été accordé. Cet homme, ce père que tu n'as jamais vu, c'est moi, et tu peux, oui je me permets enfin de pouvoir te dire tu, à toi, ma fille bien aimée, mais à l'époque de ma disparition suite à une sauvage agression, mon physique était encore plus détérioré que maintenant. Ma petite Daphné, j'aimerais tant te serrer dans mes bras, mais même cela m'est impossible. Et puis, je pourrais comprendre ton peu d'empressement à venir te blottir le long de ce corps qui me sert de prison.

- Puis-je
- Non, rien, tu ne peux rien te permettre tant que je n'ai pas terminé. Je veux te prouver l'exactitude de mes dires quand je t'affirme que je n'ai jamais cessé de penser à toi. Dans cette boîte qui

se trouve sur ma droite, tu pourras trouver toutes les cartes d'anniversaire que je n'ai pu t'envoyer, faute d'adresse. Dans cette même boîte, tu trouveras également un relevé de compte sur livret ouvert à ton nom dans une banque où j'ai déposé, tous les ans, un certain montant pour tes anniversaires. J'ai commencé par un premier dépôt de cinquante euros, cette somme augmentant tout les ans afin de tenir compte de tes choix supposés de devenir plus importants d'année en année.

- Tu plaisantes, tu n'as pas fait cela et
- Je n'ai pas compris, je deviens un peu sourd aussi parfois, mais laisse-moi terminer, juste une autre information. Dans le contenu de cette boîte tu trouveras une enveloppe scellée. Je te

laisserai en découvrir le contenu en temps voulu. Je ne veux absolument pas de merci, c'est à moi de te demander pardon de t'avoir laissée seule avec ta maman, même si je devais le refaire je le referais forcément pour les mêmes raisons qu'évoquées plus tôt. J'en ai presque terminé. Il me reste juste à rappeler l'homme qui t'a conduite jusqu'ici, mais nous nous reverrons, c'est bientôt ton anniversaire il me semble, vingt-deux ans déjà, comme temps passe vite, même si pour nous deux, ce fut bien long.

Deux heures déjà qu'il attend de ses nouvelles et Alban manifeste de plus en plus d'inquiétude. Tous les scénarios catastrophes qu'il a imaginés sont en train, il s'en doute, de se matérialiser. Le téléphone de son père sonne. Il aurait préféré que se soit le sien. La seule chose qu'il entend, c'est une seule phrase peu explicite.

- Oui, j'arrive...avec Alban ? Bien,Alban, on y va.

Alban va tenter de savoir comment se porte Daphné, si elle va bien mais seul le mutisme de son père lui fera écho. Et ce trajet lui paraît d'une longueur extrême. Le décor devient de plus en plus glauque et pour finir, ce bâtiment situé au milieu de nulle part ne lui laisse présager rien de bon. La cour est vide. Il s'attendait à voir Daphné accourir vers lui, son absence le terrorise.

Il suit son père qui se dirige vers un endroit que lui seul semble connaître. Ils pénètrent seulement dans le bâtiment qu'Alban voudrait déjà en être ressorti tant cet intérieur lui laisse une désagréable impression. Son père lui ouvre cette porte qu'il lui laisse franchir en premier.

Instantanément, il en oubli le décor, la seule chose qu'il voit est le sourire radieux de Daphné qui s'élance vers lui.

Elle est aussitôt arrêtée dans son élan par son père qui lui demande de calmer ses ardeurs. Elle ne comprend pas, mais s'exécute.

Les nouveaux arrivants s'installent sur les sièges qui les attendent.

- Merci beaucoup d'avoir accepté mon invitation et je vais répondre aux nombreuses questions qui doivent traverser vos esprits. Mais avant je veux vous prévenir que mes réponses ne vont pas forcément vous satisfaire. Je n'y peux rien. Tous les deux, ton père et moi nous nous connaissons. Toi, jeune homme, je ne t'ai vu qu'une fois, au moment de ta naissance uniquement. Je vous soupçonne, Daphné et toi, d'entretenir autre chose qu'une solide amitié. Je dis cela parce que votre attitude, vos regards tout démontre la vérité. Nous les plus anciens nous devrions la comprendre. En ce qui me concerne, c'est un peu plus dérangeant. Daphné est ma fille.

Roger, le père d'Alban, blêmit, ce qu'il vient d'entendre le pétrifie. Il aimerait ne pas avoir entendu cet aveu qui le dérange.

- Tu veux dire que…
- Que Daphné est ta nièce, c'est tout à fait cela, la finalité de l'histoire est que ces jeunes-là sont cousins germains. La question est de savoir où ils en sont dans leur relation. Eux seuls peuvent nous le dire. Mais avant de répondre, ils vont devoir s'interroger sur la suite qu'ils vont vouloir et devoir donner à leur histoire.
- Je peux répondre à leur place, tu sais Serge, leur histoire est classée.
- Non Roger, rien est terminé tant qu'eux deux ne l'auront pas décidé.

Pour être clair s'ils ont déjà pratiqué ensemble, ils l'ont fait avant de connaître leur lien familial. J'ai suffisamment causé de mal comme cela à ma fille sans ajouter celui de lui refuser le droit d'énoncer son choix. Quel qu'il puisse être, se sera le mien. Et tu devrais réfléchir aux conséquences que pourraient avoir tes décisions par rapport à ton fils que je sais que tu aimes. Tu ne dois pas l'influencer. Parles-en avec ton épouse. Tu as la chance de l'avoir à tes côtés, tu m'as toujours dis qu'elle était de bon conseil. Ecoutes-la, une femme appréhende toujours mieux que nous ces problèmes. Tu me promets ?

- A contre cœur oui, je vais lui en parler, mais honnêtement, je ne la vois pas abonder dans ton sens.

- Je pense que tu seras surpris, mais on verra bien. Passons à autre chose, j'ai avec moi un neveu dont je viens de faire la connaissance. J'ai aussi deux nièces que je ne connais pas et une belle sœur que je n'ai rencontré qu'une fois, il y a bien trop longtemps. J'ai une folle envie de réunir tout le monde autour de moi, mais pas ici, vu le délabrement avancé de cette bâtisse. Le plus vite possible, j'ai bien l'intention de rattraper le temps perdu.

- Les enfants, vous avez des tas de choses à vous dire je suppose, allez vous réfugier dans la voitures. Je vous aime. Avec mon frère nous avons beaucoup à échanger.

Ils les regardent s'éloigner, quitter la pièce. Très proches l'un de l'autre, à aucun moment ils ne se toucheront. A peine sont-ils sortis que les deux adultes reprennent la discussion.

- Roger, j'ai un service à te demander. Je voudrais que Jeanne, la mère de mon enfant, soit présente lors de ce repas de retrouvailles.

- Et tu souhaites que je la retrouve. Tu te trompes peut-être sur mes capacités d'enquêteur. Reprenons depuis le début, Jeanne, tu ne m'en a parlé qu'une fois, je ne l'ai jamais vue. Quant à ta paternité, je l'apprends maintenant, ta fille, donc ma nièce, j'ignorai jusqu'à ce jour son existence Tu te souviens qu'à l'époque les rapports, entre toi et moi, étaient très tendus et je pense même qu'ils le seraient tout autant sans ce maudit accident qui t'a fait prendre cette terrible décision de disparaître de leurs vies. Alors aujourd'hui, je ne peux rien te promettre. En même temps et malgré le peu d'information dont je dispose je vais essayer de faire pour le mieux. Mais une question encore, comment as-tu su pour Alban et Daphné.

- Tu serais surpris si tu savais tout ce que je peux entendre et savoir sur ma famille, car vous êtes ma famille, je ne vous ai jamais oublié et je vous aime. Peu importe comment je sais, par qui, je sais, c'est tout. Et puis pour les jeunes, ne t'en fais pas, Daphné est née de père inconnu. Cela facilitera les démarches administratives s'ils décident de finaliser officiellement leur vie de couple.

- Mais as-tu pensé au problème qu'ils vont se poser au sujet d'une éventuelle descendance, la consanguinité ? Peut-être sont-ils déjà en train d'en débattre.

- Existe-il une solution à leur dilemme et si oui, qui pourrait bien les apaiser ?

Cette dernière phrase a le don de le mettre hors de lui. Son frère saurait-il ? De plus le léger sourire arboré lui laisse à penser qu'il a son idée sur la question mais qu'il n'en dira pas plus.

Une poignée de main plus tard, il se retrouve dehors.

Les deux jeunes gens sont sortis anéantis par l'annonce faite de leur parenté. Ils ont tenté de ne plus se voir. Ils ont résisté trois semaines la première fois, une seule petite semaine la seconde avant qu'Alban finisse par tenter de mettre fin à ses jours. A son réveil, Daphné est à ses côtés. Ils comprennent que le temps de la décision est venu. Ils ne peuvent plus vivre loin l'un de l'autre, et ce, quelques puissent en être les conséquences. Malgré certaines réticences, tous accepteront leur décision.

Serge, le papa de Daphné est devenu le confident des deux jeunes tourtereaux. Fervent partisan de leur décision, il ne manque pas en contrepartie de leur prodiguer les conseils qui découlent pour lui du simple bon sens. Ils parlent souvent tous les trois de cette malheureuse histoire que leur jouait le destin, mais ils s'aiment et ils n'y peuvent rien. Dans ces instants, il sait les réconforter, leur expliquer comment il est possible de vivre son amour en dehors du mariage. La seule grande question à laquelle ils devront trouver une réponse et est de savoir comment assumer cette parenté sans mettre en danger une descendance qui pourrait avoir à souffrir de leur décision.

Et justement, ce jour là ce problème est évoqué entre eux trois.

- Tu sais, Serge, avec Daphné, tous les trois nous abordons souvent le sujet de notre descendance. J'aimerais pouvoir en faire de même avec mes parents, mais malheureusement, trop de réticences subsistent entre nous pour que nous puissions en parler sereinement. En résumé, avec Daphné nous ne pouvons imaginer vivre l'un sans l'autre. Nous avons fait quelques recherches et il semblerait que nous pourrions accéder au mariage. Dans le cas contraire, on se contentera de vivre notre vie côte à côte. Mais le problème de la descendance reste posé. Aujourd'hui, cela ne pose aucun problème à Daphné de rester sans enfant. Mais qu'en sera-t-il dans cinq ou dix ans ?

- Tu sais, papa, Alban à raison, même moi je ne peux pas répondre à cette question.
- Et pourtant, ma fille, pourtant.
- Que veux-tu dire par là ?
- Chaque chose en son temps, éclaire à nouveau ton visage avec ce si joli sourire…voilà comme cela. Je t'aime ma fille. Alban a bien de la veine.
- On allait oublier, on est venu pour cela, papa m'a dit que la réunion de famille tant attendue aura lieu, si la date te convient, dans quinze jours.
- Tu lui donneras mon accord, tu sais, dans mon état, dans quinze jours, trois semaines ou trois mois, chaque date me conviendra. Mais dis-moi Daphné, avec tous ces tracas, où loges-tu ?
- Chez moi, j'ai toujours habité chez moi.

- D'accord mais chez toi, c'est où, je veux savoir.
- C'est compliqué, Bon c'est vrai pendant quelques jours, j'ai résidé chez les parents d'Alban dans la chambre d'une de ses sœurs, Mais la situation, pour elles comme pour moi, ne pouvait pas s'éterniser. Voilà tout.
- Non ma fille, ce n'est pas tout, tu n'as pas répondu à ma question, où actuellement résides-tu ?
- Puisque tu veux tout savoir, je réside dans un foyer d'accueil que je dois quitter dans deux ou trois semaines. Ne t'inquiète pas. Dans la boîte que tu m'as remise, tu te souviens, papa, la solution à mon problème s'y trouve. Mais il faut qu'on y aille. Je t'aime.

Elle regrette d'avoir menti à son père, mais pouvait-elle lui avouer sans altérer sa santé, que rien en fait de ce qu'elle lui avait dit, ne ressemblait à la triste réalité que traversait leur couple, enfin, leur couple, disons plutôt leur relation.

Ils venaient tout juste de décider de s'éloigner l'un de l'autre quelque temps, le temps de réfléchir sereinement chacun de son côté, une fois de plus. Ce sera la dernière fois se promettent-ils avant que la décision finale ne soit prise. Ils le savent, tous les deux, que la pire des solutions serait de vivre normalement leur vie de cousins germains, sans arrière pensée mais préfèrent croire qu'il existe une autre voie, cette voie qui les mènera vers le bonheur.

Au moment de se quitter, ils hésitent entre la poignée de main et le bisou, optent pour la seconde possibilité, se séparent et partent chacun de leur côté, sans se retourner.

Elle se morfond, allongée sur son lit. Elle repense au long chemin qu'elle a parcouru pour surmonter son traumatisme. Et que dire du résultat qui aujourd'hui s'apparente à une véritable catastrophe. Elle le sent bien, jamais elle ne s'en remettra. Elle comprend la décision d'Alban de vouloir en finir, la dernière fois.

Les jours qui suivront ne verront aucune amélioration de son état. Alban lui manque, son travail l'épuise, sa solitude l'anéantit, ses repas s'espacent alors que son désespoir grandit. Elle maudit une fois de plus cette décision de se rendre à cette soirée musicale. Elle en voudrait presque à Alban d'être venu s'installer à ses côtés, même si elle admet que lui aussi ce soir là cherchait à chasser ses démons. Mais au moins, il aurait pu choisir un autre endroit. Elle s'en veut de cette pensée et admet que le seul regret qui l'habite maintenant est l'absence de ce même Alban. Il ne lui en faut pas plus pour fondre en larme. Les pleurs, elle connaît bien, deux voire trois fois par jour elle y est confrontée depuis deux semaines.

    Elle est prise d'une furieuse envie de rompre le silence, de l'appeler, résiste, repose son téléphone.

Il va se passer encore deux jours avant que la sonnerie retentisse. C'est Alban. La voix n'est pas très assurée, c'est à peine si elle l'entend. Il lui apprend qu'il est en bas de chez elle, qu'il l'attend. Il va tout lui expliquer. Elle se précipite, dans son esprit, ils s'expliquent et on oublie tout si c'est ce qui doit arriver.

Contrairement à elle, il semble beaucoup plus serein. Il a beaucoup parlé avec ses parents ces derniers jours, il leur a appris l'éloignement que tous les deux s'étaient imposé. Mais il ne sait pas pourquoi ils s'en étaient montrés surpris, voire même peinés. Aussi voulait-il les entendre au sujet de cette crise.

Après un accueil des plus chaleureux et les avoir priés de s'installer confortablement, c'est la maman d'Alban qui va difficilement entamer l'entretien, bredouiller quelques phrases d'une voix monocorde pour finalement laisser la parole à son époux. Lui ne semble pas plus à l'aise dans cet exercice, se contentant en un premier temps de manifester sa satisfaction de voir réunis en ces lieux les deux jeunes. Et puis, il se lance

- Tout d'abord Daphné, merci d'avoir répondu à notre invitation. Ce que vous allez entendre, Alban et toi, personne d'autre que sa maman n'est au courant. Et nous avons décidé, elle et moi, après en avoir discuté plusieurs fois, de porter cette information à votre connaissance. Je ne sais pas comment poursuivre. Disons que dans la vie de tous les couples, il y a l'aperçu qui est donné et la réalité du quotidien qui parfois est bien différent. Nous n'échappons pas à cette règle. Nous aussi nous avons notre face cachée. Et c'est de celle-là que nous voulons vous parler. Dès avant notre mariage, nous savions que nous aurions des enfants parce que nous le voulions, et vouloir, c'est pouvoir dit-on. C'est sans doute vrai, mais pour nous le chemin allait se montrer plutôt tortueux. Après deux années d'insuccès, nous avons commencé à douter de notre faculté à atteindre notre but. Nous nous sommes alors tournés vers la médecine et après plusieurs examens nous fûmes avisés que nous étions tous les deux aptes à procréer, bien qu'ensemble, sans qu'une explication valable puisse être avancée, la réalisation de notre projet pouvait se montrer beaucoup plus problématique. Nous sommes sortis anéantis de chez ce spécialiste. Nous avons tout tenté encore pendant plusieurs mois, pour finalement commencer à comprendre que persévérer dans cette voie ne nous mènerait nulle part.

Alban n'a plus envie d'en entendre d'avantage, il se ferme, se prend la tête entre ses deux mains. Il a compris, il n'est pas le fruit de l'amour comme il l'a toujours cru, mais plutôt le fruit du mensonge. Et il comprend mieux maintenant la décision de celui qu'il croyait être son père de le voir partir résider ailleurs qu'au sein du foyer familial. Dès ce soir, il exaucera son vœu, il le débarrassera de sa présence devenue à présent embarrassante. Mais pourquoi lui avait-il alors proposé sa succession à la tête de l'entreprise ? Certainement pour mieux la lui refuser ultérieurement. Tout se bouscule maintenant, son esprit lui refuse l'analyse de la situation, la colère le submerge, la présence pourtant voulue de Daphné l'insupporte, le silence de cette femme qui se qualifie du titre de mère aussi. Tout son monde s'écroule. Il n'est plus rien, si ce n'est personne. Il s'en veut de laisser les larmes couler le long de ses joues. Et Daphné, pourquoi l'a-t-il abordée, et elle, pourquoi diable a-t-elle répondu à son invitation ? Trop de pourquoi, pas assez de réponses, pour ne pas dire aucune d'ailleurs. Mais qui pourrait les lui apporter et surtout, laquelle de ces trois personnes présentes pourrait-il bien croire ? Il en est certain, s'il veut avancer et comprendre, il ne pourra compter que sur lui seul.

Daphné de son côté observe Alban depuis quelques minutes. Elle aussi est sortie de l'histoire. Elle s'inquiète de son ami dont elle ressent la détresse. Elle va devoir l'aider, mais acceptera-t-il le bras tendu ? Alban, elle l'aime, mais leur histoire risque bien de ne pas résister au séisme qui les accable, et de ce séisme, pourrait-elle en être l'épicentre ? Et si tel était le cas, ses pires craintes deviendraient alors sa réalité. Elle pourra dire adieu alors à toutes ses attentes, à sa grandiose cérémonie de mariage, à sa vie à côté d'Alban, aux enfants qu'ils n'auront pas. Elle aussi, se laisse finalement emporter par l'émotion. Cette parenthèse dans sa vie se referme. Elle peut, elle doit rejoindre la médiocrité de son existence d'avant puisque tel est son destin.

Elle se lève, quitte la pièce sans un mot, sans un regard pour ces trois personnes qui n'appartiennent plus qu'à son passé et regagne son foyer. Elle comptait y trouver refuge et faire calmement le point sur la situation dans laquelle elle se trouve maintenant. Force est pour elle de constater que sa situation personnelle n'est guère favorable, à commencer par son logis dont l'exigüité, aujourd'hui, l'exaspère. Elle aimerait avoir à ses côtés celui qu'elle aime, qu'il la prenne dans ses bras, la réconforte et lui explique que la séquence qu'elle traverse n'est que le fruit de son imagination. Hélas tout est bien réel, elle en est pleinement consciente et sa solitude soudaine la rattrape. Seule, elle est irrémédiablement seule pour affronter ce sombre épisode de sa vie. Un de plus dit-elle, mais surtout combien encore devra-t-elle en supporter et pourra-t-elle subir encore longtemps ce cycle infernal qui l'entraîne, elle le sait, vers ce gouffre qui risque de l'engloutir. Son seul refuge aujourd'hui est cette minuscule pièce qu'elle abhorre, en même temps qu'elle la rassure. Elle ne comprend pas cette évidente contradiction, si ce n'est qu'elle lui confirme l'impasse dans laquelle elle se trouve. Son questionnement est simple, doit-elle rester ou partir ? Rester, c'est s'enfoncer d'avantage dans cette routine qui la détruit. Partir serait la solution, mais dans quelle direction et surtout sans Alban, se serait absurde, voire destructeur.

Quand à Alban, il est quasiment aux antipodes des pensées de Daphné. Pour lui, c'est le début de sa deuxième vie, celle à laquelle ses anciens parents n'appartiennent pas. Cette pensée le peine, d'autant qu'il ressent, à regret, toujours un sentiment de gratitude à leur égard. Ce sentiment, il en est certain finira par s'estomper avec le temps. Il voudrait en parler avec Daphné, mais elle lui a tourné le dos juste au moment où il avait le plus besoin d'elle. Doit-il la rayer elle aussi de sa liste ? Cette seule pensée le révulse alors qu'elle s'inscrit dans son esprit comme une évidence tout aussi dérangeante que plausible.

Trois jours viennent de s'écouler depuis ces tous derniers évènements. Daphné est au plus mal. Pour ce week-end qui se profile, son moral est en parfaite adéquation avec les prévisions météorologiques qui prévoient un temps pluvieux, orageux et venteux. Ces deux jours à venir passés dans ce minuscule studio qui lui tient lieu d'habitat, ne l'incitent guère à quitter son lieu de travail, même si elle doit s'y résoudre.

Elle fait juste quelques pas qu'elle s'arrête, figée par la surprise. Alban est là, s'affiche devant une voiture qu'elle ne connaît pas. Que fait-il là, est-il venu lui montrer son acquisition ? Cette présence inopinée l'interpelle. Pourquoi est-il là ? Que lui veut-il ? Ne ferait-elle pas aussi bien de l'ignorer, de passer son chemin ? Oui elle ferait mieux, mais non, il faut qu'elle sache, qu'il s'explique et lui donne les raisons de son silence et surtout qu'il écoute très attentivement ce qu'elle doit et veut lui dire. Elle s'avance vers lui, décline l'échange de bisous et se contente d'un simple bonjour Alban. Elle aurait préféré plus mais avant, il lui faudra être convaincu par les arguments du garçon.

- Alban, il faut que l'on parle. Tu ne peux pas resurgir comme cela dans ma vie d'une manière impromptue, t'attendre à me voir me jeter dans tes bras sans que tu t'expliques. Ecoutes-moi bien, je ne veux pas entendre deux ou trois mots vite dits. Tu restes trois jours sans me donner de nouvelles et

- J'entends ta colère, je la comprends et c'est la raison de ma présence ici ce soir. Je vais satisfaire ta demande. je n'ai pas cessé ces derniers jours de penser à toi, à nous, à ma famille, à cette histoire, je devrais dire cette épreuve qui m'atteint au plus profond de moi. Mais il va nous falloir un lieu plus adapté que ces sièges de voiture, aussi confortables puissent-ils être, pour que nous en reparlions

- Et ton idée pourrait-elle être autre chose que de me proposer tout compte fait l'inacceptable à savoir un coin de table dans un restaurant quelconque à quelques kilomètres d'ici, entourés d'oreilles indiscrètes, de bruits et d'odeurs qui pourraient nuire à la compréhension mutuelle dont nous allons devoir faire preuve si nous pouvons ou même encore voulons sauver un reste de sentiments.

- N'en dit pas plus, ta colère, je la ressens et je la partage. Colère après moi d'abord, mais aussi contre ma famille, un peu aussi contre toi de ne pas avoir compris ma détresse. Tu vois, on parle trop dans cet endroit non adapté et cette colère qui nous anime nous mène tout droit au désastre que l'un comme l'autre voudrions éviter. Voilà ce que je te propose. Je réside actuellement dans le chalet de mes grands-parents maternels qui sont ma vraie famille. Ce chalet, tu le connais bien pour y avoir séjourné. Ne te méprends pas sur ma proposition, je te propose d'en faire notre lieu de discussion. Celle-ci va certainement durer plusieurs heures, arguments contre arguments, nous allons devoir tout aborder, les choses agréables comme celles qui pourraient fâcher. Tu pourras occuper la seconde chambre, quelque puissent être les conclusions que nous tirerons de cet entretien. Si tu es d'accord, nous passons chez toi, tu prends du rechange, ta trousse de toilette, ton maquillage si besoin.

- Je ne sais pas si c'est bien raisonnable, mais c'est pour le moins la meilleure façon d'opérer. Et puis, si je me souviens bien, la porte de cette deuxième chambre ferme à clés. Alors on peut y aller comme cela.

Cette dernière remarque n'a aucunement détendu l'atmosphère, bien au contraire.

La discussion fut âpre, aucuns des points d'achoppements ne furent évités et ils étaient nombreux parmi lesquels émergeât le plus douloureux, celui qui fut indéniablement le moteur de tous les autres au risque d'amener cette famille au bord de l'éclatement. Daphné s'était opposé à Alban sur le problème de la naissance du jeune homme. Lui refusait la paternité de celui qui l'avait élevé, elle lui rétorquait que l'amour qu'il lui avait prodigué justifiait qu'il pouvait être fier d'avoir pour père cet homme là. Elle n'a jamais eu cette chance d'avoir dans sa prime jeunesse un homme comme celui-ci pour prendre soin d'elle, avec toutes les conséquences induites par cette absence. C'est ce dernier argument qui a débloqué la situation. Il a du reconnaître son erreur d'appréciation et admettre qu'il allait devoir reprendre contact avec sa famille au plus vite, avant que le temps accomplisse son œuvre destructrice. Ni l'un ni l'autre à ce moment précis n'a remarqué que ce qu'ils ressentent comme un drame leur ouvre pourtant les clés du bonheur. Sauront-ils ouvrir les yeux et comprendre ?

Il est dix heures du matin quand ils se surprennent à s'être endormis, chacun dans son fauteuil, face à face et pour la première fois depuis plus de douze heures s'amusent-ils de la situation. Mais ils le savent bien, seule la moitié du chemin est accompli. Plusieurs heures leur avaient été pleinement nécessaires pour se comprendre, le chemin avait été long et leurs craintes de devoir à nouveau argumenter longuement les habite. Alban se propose d'affronter l'obstacle dès le lendemain, contrairement à Daphné qui préférerait dès cet après-midi pour pouvoir, peut-être ajoute-t-elle, profiter du dimanche ensemble, tous les deux, au karting par exemple.

C'est cette option qu'Alban retiendra.

En ce début d'après-midi le temps prévu se manifeste par des rafales de vent qui rabattent violemment la pluie sur les vitres de l'habitation familiale. Cela n'empêche absolument pas les deux sœurs de manifester le plaisir de revoir leur frère et sa compagne. L'accueil est beaucoup plus sobre entre le père de famille et le fils, plus démonstratif entre le fils et sa mère.

Prétextant le travail administratif pour l'une et l'entretien du matériel pour l'autre, les deux filles s'éclipsent, laissant le champ libre aux interlocuteurs.

- Bien, Alban, il faut que tu entendes la fin de ce que j'ai voulu te dire avant que tu ne quittes la pièce l'autre jour.

- Non papa, c'est toi qui doit m'entendre. Je m'excuse pour ma réaction inadaptée. J'aurais été plus sage effectivement de t'écouter jusqu'au bout.

- Ecoutes-moi bien. Non seulement je te comprends, mais je suis certain que mis à ta place, ma réaction aurait très bien pu être identique. Maintenant, je vais être très précis. Je ne reviendrai pas sur ta conception dont les détails trottent encore dans ta tête. Tu es et tu resteras toujours le fruit d'un amour indestructible entre ta mère et moi. Dès l'annonce de la grossesse de ta mère, j'ai su qu'elle portait l'enfant, non pas seulement le sien mais celui que nous avions voulu avoir ensemble et qui serait le mien même si biologiquement il ne l'était pas. Je t'aime comme mon fils. Je t'ai reconnu comme mon fils, tu portes mon nom et j'en suis fier. En te faisant cette confidence, j'ai juste voulu vous permettre, à Daphné et toi, de vivre votre histoire sans vous culpabiliser. Pour être complètement honnête avec toi, je voudrais que tu saches que tes deux sœurs, sans que nous ne puissions, ta mère et moi, t'en donner la raison, sont bien mes enfants naturels cadeaux d'une nature qui reste maîtresse de nous. Nous avons encore un différend à régler. Je t'ai proposé de prendre la direction de mon entreprise. Tu as refusé, à mon grand regret, mais je l'accepte. Cela ne nous empêchera nullement, en toutes circonstances de t'aider dans l'accomplissement de ta vocation.

- Merci papa, mais tu sais, ces jours passés coupé de mon monde m'ont fait mûrir et l'entretien que nous avons eu cette nuit avec Daphné a fini par me convaincre. Si tu le souhaites toujours, je suis maintenant prêt à accepter ta proposition à deux conditions. La première, que cela ne trouble pas ma relation avec mes sœurs, et la seconde, aussi importante que l'autre, que Daphné puisse travailler un jour à mes côtés, car elle ne le sait pas encore mais je veux l'épouser, tous les obstacles étant maintenant derrière nous, à l'exception d'un seul à savoir si Daphné veut bien de ce mariage.

- Je pense que c'est à elle de répondre, au moins pour le mariage. Pour la place qu'elle pourrait prendre dans l'entreprise, ce sera à vous deux, le moment venu, de trancher.

Les regards sont maintenant tournés vers la jeune fille qui reste interdite, la bouche ouverte. Elle voudrait crier, hurler son acquiescement, mais les mots lui manquent. Le veut-elle, bien sûr que oui, mais n'est-il pas trop tôt, ne vont-ils pas trop vite ? Tout se bouscule alors que son regard s'obscurcit et que les yeux s'humidifient.

- Daphné, s'il te plaît, ne me dis pas non, je t'aime.

Elle hésite encore. Mais elle sait que chaque seconde qui passe peut la priver de ce bonheur tout proche qu'elle espérait tant. Elle prend une aspiration profonde et se lance :

- Bien sûr que oui je le veux, oui je veux devenir ton épouse, mais pour ce qui est d'une place dans l'entreprise, il est effectivement trop tôt pour en parler. Mais nous pourrons envisager cette possibilité mais avec l'accord de tes sœurs. Pour l'instant cependant, je ne vois pas en quoi je pourrais être utile à votre affaire. Ce n'est pas un non définitif. C'est vraiment prématuré de se poser cette question. Autre chose Alban, il faudrait que nous nous rendions chez mon père, aujourd'hui, tu as une demande à lui faire, il me semble.

- Si tu y tiens, nous pouvons nous y rendre dès maintenant.

Il regarde, attendri, les deux amoureux s'éloigner, main dans la main. L'instant précédant, son neveu venait de lui demander la main de Daphné sa fille qui est pourtant sa cousine germaine. A ce détail près, cette demande qui aurait pu être tout à fait normale le laisse dubitatif. Ces deux là connaissent bien la complexité de leur démarche, ils en avaient discuté tous les trois. Les deux jeunes gens avaient convenu qu'une sage réflexion devait précéder un possible engagement. Si maintenant ils franchissent le pas au point de parler mariage, c'est à son avis qu'un point lui échappe.

Il rentre, s'installe confortablement et repense encore une fois et encore une autre fois de plus et arrive toujours à la même réponse. Si il est certain qu'Alban est bien son neveu, peut-il être aussi affirmatif quant sa paternité envers Daphné ? Sa seule certitude est basée sur les dires de Jeanne qui lui avait affirmé, il y a plus de vingt ans de cela, être enceinte de lui, soit, mais Jeanne justement est-elle digne de confiance ? Et dans le cas contraire, cela pourrait très bien expliquer l'enthousiasme affiché par les deux tourtereaux tout à l'heure. Il aurait besoin d'entendre la version de son ex-compagne sur ce sujet, mais il ne sait ni où ni comment la joindre. Il existe bien une autre possibilité, en parler à Daphné, au risque de la déstabiliser et même de la fâcher.

En arriver à ce résultat le rebute. Mais le doute qui s'insinue le ronge maintenant, il faut qu'il sache et pour ce faire, il va en parler à son frère, car lui doit savoir des choses que lui ignore si toutefois il doit apporter crédit à la scène qui vient de se dérouler devant lui.

Il est en pleine supputation intellectuelle quand un toussotement lui fait redresser la tête. Il ne l'a ni vu ni entendu arriver mais Roger, son frère est bien là devant lui et engage le dialogue :

- Je viens de croiser nos enfants. Je ne savais pas que sur ce mauvais chemin, on pouvait se croiser à deux voitures. Ca passe, mais c'est juste. Mais je ne suis pas venu pour parler de cela. Tu sais maintenant qu'ils sont décidés à se marier.

- Justement oui et cela ne manque pas de m'interroger. Ils le font en connaissance de tout ce qu'ils savent, ce tout étant ce qui les bloquait il y a peu encore. Et cette assurance affichée par eux m'amène à me poser des questions.
- Je vais tenter d'y répondre. L'apparence dans la vie n'est pas forcément le reflet de la réalité.
- Que veux-tu dire ?

Il va alors tout lui raconter sur la complexité de ses rapports avec son épouse, leur combat entre le désir pressant d'avoir un enfant et la difficulté à le concevoir, sans oublier de parler de la position de la médecine qui concluait à une incompatibilité entre eux et leur conseillait alors de réfléchir entre deux possibilités : l'adoption ou la conception par insémination après un don. La seconde fut choisie.

- Tu veux me dire qu'Alban n'est pas du tout mon neveu. Je l'accepte puisque tu me le dis, mais pour une surprise, cela en est une grosse, mais elle arrive trop tard.
- C'est-à-dire ?
- Partant du principe que ton fils était bien mon neveu, un vrai je veux dire… enfin tu me comprends, voyant leur optimisme tout à l'heure, un doute énorme s'est emparé de moi. Daphné est-elle bien celle qu'elle dit être, est-elle bien ma fille ? Elle peut très bien me mentir de bonne foi ou pire encore me tromper. J'aurais bien du mal à le croire, mais il faut que la vérité éclate.
- Tu n'as pas d'autres preuves que les dires de Daphné et cette petite a-

t-elle suffisamment d'aplomb pour affabuler de la sorte ? Je ne l'en crois pas capable, mais sait-on jamais.

- On va savoir, crois moi, on saura la vérité, mais cela va devoir rester entre nous deux, et pour toujours. Tout d'abord, je n'ai pas de bonnes nouvelles et les jeunes, non seulement les futurs mariés mais aussi tes deux filles, devront les ignorer. Tu as bien dû remarquer que mon allure physique se détériorait et ce n'est pas une illusion. L'âge arrivant, les séquelles de mon agression, loin de s'effacer, se remarquent de plus en plus, mais ce n'est pas le plus grave. Je viens de subir des examens médicaux très poussés dont les résultats sont sans appel. Mon espérance de vie se limite à trois ans au grand maximum.

Serge continue de pianoter sur son clavier d'ordinateur et le son électronique qui est retranscrit commence à mettre mal à l'aise l'auditeur qui doit tout de même se contenir.

- Comme tu vois, les nouvelles ne sont pas excellentes, mais pas aussi terribles pour moi que pour toi. Une dernière chose et nous pourrons passer à l'organisation des festivités. Depuis ces longues années de quasi solitude, j'ai pu amasser quelques pécules, disons même un petit magot. Je voudrais faire de Daphné mon héritière à une seule condition, et tu peux deviner laquelle. Pour ce faire, j'ai rendez-vous mardi prochain avec mon avocat pour mettre en route ma recherche de paternité. Selon lui, il va devoir se rapprocher de la justice et il ne m'a pas voulu me donner de délai. Mais parlons maintenant des festivités à venir, planifions tout cela, veux-tu mais avant, je dois me désaltérer.

Il se satisfait, Roger, du silence revenu. Il connaît les difficultés de son frère pour l'expression orale prolongée, mais il supporte de plus en plus de mal cette voix électronique sortie des enceintes de l'ordinateur.

A sa grande surprise, l'emploi du temps de l'année à venir va s'imposer à eux en moins d'une heure. La seule difficulté reste de retrouver cette Jeanne Valentin que Daphné et son père souhaitent inviter.

Trois mois viennent de s'écouler. Le repas de famille tant attendu par tous vient de se terminer. Jeanne, enfin localisée, a brillé par son absence, retenue a-t-elle fait savoir, par son emploi du temps mais assure qu'elle sera présente pour le mariage de sa fille. Daphné ne croit en rien l'excuse de cette femme qu'elle a toutes les peines du monde à qualifier de mère et qui selon elle a juste honte de ce qu'elle est devenue. Et elle ne viendra pas non plus à son mariage, elle en est certaine. Son absence ne la fâchera aucunement. Elle aimerait en tout cas le croire.

Son père, lui est dans un tout autre état d'esprit. L'absence de son ex-compagne l'a laissé indifférent. L'attitude de sa fille à son égard par contre le chagrine quelque peu. Depuis l'annonce faite de la recherche de paternité, des formalités médicales, de l'intervention judiciaire, Daphné se montre un peu plus distante envers lui. Lui reprocherait-elle son doute ? Oui, certainement. D'ailleurs, l'attitude de la jeune fille n'ayant subi aucuns changements envers les autres membres de la famille prouve bien qu'il est la cible de ce mécontentement.

Une année vient de s'écouler. L'avocat vient de remettre à son client la décision judiciaire qui reconnaît à Serge la paternité de Daphné. Il est en liesse. C'est le document qui lui manquait pour contribuer au bonheur de sa fille. La médecine disait oui, la justice s'alignait. Il allait pouvoir procéder à l'acte le plus important de sa vie, déposer chez le notaire son testament faisant de sa fille son unique héritière.

Tout s'est arrangé entre le père et la fille. Mademoiselle Daphné Valentin vient de devenir Madame Daphné Davenin. A sa grande surprise, sa mère est présente, mais elle n'en ressent aucune joie particulière. Son père, au prix d'un effort démesuré, l'a menée à l'église, debout et là est bien le principal.

La cérémonie terminée, sa mère use de la même excuse que la fois précédente pour s'éclipser.

Elle la regarde s'éloigner, voudrait la rappeler, lui dire "Maman, Maman reviens je t'aime" mais cette seule pensée la révulse. Elle se jette dans les bras de son mari, verse quelques larmes où se mêlent regret et espoir. Maintenant, elle peut sereinement regarder vers l'avenir.